RÉPONSE

A

L'EXAMEN CRITIQUE

DES

MÉMOIRES DE FLÉCHIER,

Par le Comte de RÉSIE, ancien Officier supérieur de Cavalerie légère.

Par **B. GONOD**, Bibliothécaire de la ville de Clermont-Ferrand, Éditeur des *Mémoires*.

A PARIS,

CHEZ PORQUET, LIBRAIRE, QUAI VOLTAIRE, 1.

FÉVRIER 1845.

RÉPONSE

À

L'EXAMEN CRITIQUE

DES

MÉMOIRES DE FLÉCHIER.

————◦◦◦◦◉◦◦◦————

Mieux vaudrait un franc *ennemi !*

Les Mémoires de Fléchier ont été calomniés avant de paraître. Depuis qu'ils ont vu le jour, ils sont devenus l'objet d'accusations, sourdes d'abord, mais qui ont fini par oser se produire.

Un jeune abbé, que je ne confondrai point avec les autres critiques, a ouvert l'attaque dans l'*Union Provinciale*, nº du 21 décembre 1844. Il juge les Mémoires de Fléchier, sous le rapport littéraire, inférieurs aux autres productions de l'évêque de Nîmes; sous le rapport historique, parfaitement inutiles; sous le rapport moral, dangereux *pour un grand nombre de lecteurs*. Il n'examine pas la question d'authenticité.

Le même journal, n^os des 4 et 8 janvier 1845, renferme deux feuilletons, signés **P. de C.**. Ici c'est un ex-officier qui prononce hardiment que l'ouvrage en question est *immoral et impie*, par conséquent apocryphe ; l'altération du manuscrit est prouvée pour lui par l'histoire du curé de Saint-Babel, *évidemment* interpolée.

Enfin, les premiers jours de février ont vu paraître l'*Examen critique*, depuis plusieurs mois annoncé par M. de Résie, ancien officier supérieur de cavalerie légère. Dans cette brochure, reproduction des attaques et raisonnements du feuilleton, entremêlée seulement d'un peu plus de bile.

A entendre donc nos critiques, on a insulté à la mémoire de Fléchier en publiant sa relation des Grands-Jours, et en lui attribuant une production qu'ils déclarent indigne de lui. — Ils n'ont pas vu, les malhabiles, que ce sont eux qui insultent réellement à la mémoire de celui dont ils se portent les défenseurs, et qui, autant qu'il est en eux, la diffament en déclarant immoral et irréligieux un ouvrage qui, à chaque page, porte le cachet de son véritable et incontestable auteur, ouvrage qu'en saine critique il est impossible de lui ravir. Ainsi, l'ours de la fable

> Cassait la tête à l'homme en écrasant la mouche.

Ce qui paraît surtout avoir excité le courroux de nos critiques, c'est la coïncidence de la publication des Mémoires de Fléchier, avec les publications anti-universitaires auxquelles on s'est imaginé que j'avais voulu l'opposer. Supposition toute gratuite, à laquelle je ne réponds que par un fait : La demande que j'ai adressée à l'administration pour être autorisé à publier le manuscrit de Fléchier est du 18 avril 1843, et le libelle signé Desgaret, ballon d'essai du parti qui attaque l'Université, et que l'Université n'attaque point, n'a été lancé qu'en novembre de la même année.

Je le déclare : dans les Mémoires de Fléchier, je n'ai vu, ainsi que le ministre qui en a encouragé la publication [1], ainsi que le public éclairé qui les a goûtés, qu'une œuvre littéraire, qu'une production remarquable du grand siècle, qu'une relique précieuse d'un de nos meilleurs écrivains. — D'un homme qu'on vénère on conserve religieusement jusqu'à un lambeau du vêtement qu'il porta, et l'on repousserait un monument de sa pensée! — Cette production de la plume de Fléchier avait un autre mérite à mes yeux, celui d'être à peu près le seul ouvrage qui fasse connaître les mœurs intimes de la province, cette partie si essentielle de l'histoire, à une époque où elles sont peu connues ; surtout de faire connaître à l'Auvergne un des plus remarquables drames dont elle ait été le théâtre. Et pouvais-je compter pour rien le résultat nécessaire de cette lecture sur les bons esprits, celui de les attacher aux institutions qui nous régissent ?

C'est le point de vue auquel se sont placés, pour juger ces Mémoires, plus de quinze journaux tant de la capitale que de la province, qui en ont rendu un compte favorable ;

---

[1] On lit, page iv de l'*Examen critique* : « On rapporte que M. Villemain, après avoir lu les *Mémoires*, s'est écrié, en présence de l'éditeur : *A merveille, Monsieur! voilà un livre qui ne pouvait venir plus à propos!* C'était à l'époque de la discussion de la loi sur l'enseignement secondaire. » — Et M. de Résie a pris pour épigraphe : Et la foule ignorante croyait, parce que ce sont de ces choses qu'elle aime à croire. M. de Résie, sans s'en douter, fait partie de la foule. Il aurait pu savoir que, depuis la publication des *Mémoires*, je ne suis pas allé à Paris, et que M. Villemain n'est pas venu à Clermont. Les anciens ont représenté la calomnie avec de grandes oreilles, pour peindre sa crédulité!

c'est celui de toutes les personnes graves qui ont accueilli cette publication avec intérêt [1].

Que si malgré les avantages qui m'ont frappé, cette publication avait dû, dans ma pensée, nuire à la réputation, à la gloire de Fléchier, surtout porter atteinte aux mœurs ou à la religion, je le déclare hautement : jamais je n'aurais songé à la faire, et si elle avait produit cet effet, je ne me le pardonnerais jamais.

Quelques personnes, il est vrai, dont j'honore le caractère et les vertus, par des considérations dont je ne me fais pas le juge, l'ont vue, m'a-t-on dit, avec peine; c'est pour moi un sujet de douleur.

Elle a aussi offusqué quelques esprits timides, qui ne sont jamais sortis du présent, et ignorent le passé, pour lesquels aussi ce livre n'était pas fait; j'en suis encore très-fâché.

Mais que ces gens dont la charité chrétienne se traduit en suppositions peu charitables, en accusations calomnieuses, que des trafiquants de religion s'indignent à froid et jettent les hauts cris; je m'y attendais, je ne m'en émeus point; leurs injures sont à mes pieds; leurs clameurs ne m'ôteront point la conscience d'avoir apporté à l'histoire un élément de plus pour juger les hommes et les institutions.

Si je prends la plume, ce n'est point pour ramener à mon opinion mes contradicteurs; ce n'est pas non plus pour éclairer ceux qui ont lu ces Mémoires, et qui savent à quoi s'en tenir sur l'*immoralité* et l'*impiété* qu'y ont aperçues nos

---

[1] Aux misérables attaques dont les **Mémoires sur les Grands-Jours** ont été l'objet, qu'il me soit permis d'opposer une grave autorité, celle du religieux et illustre auteur de l'*Histoire des ducs de Bourgogne*. Voy. *Appendice*, n° I.

très-pieux et très-moraux argus. Mais puis-je laisser subsister les soupçons qui ont pu s'élever dans l'esprit des personnes qui, accoutumées à vénérer la mémoire de Fléchier, n'ont pas lu son ouvrage, mais ayant lu l'*Examen critique*, et frappées de la faiblesse des armes avec lesquelles on attaque l'authenticité du livre, pourraient se faire illusion sur les reproches d'*immoralité* et d'*impiété* articulés avec une outrecuidance, un sentiment d'infaillibilité personnelle, qui n'eut jamais son égal ?

Je croyais avoir suffisamment démontré dans l'*Introductionaux* Mémoires, p. *ix*, l'authenticité du manuscrit que je publiais. Toutefois, je ne l'ai fait que d'une manière sommaire, persuadé que la lecture de l'ouvrage rendait des détails à cet égard superflus. Mais j'avais compté sans ces critiques qui, ignorant Fléchier aussi bien que l'époque où il a vécu, veulent juger une production du XVIIe siècle avec leurs idées du XIXe, et s'imaginent que Fléchier a toujours eu au moins soixante ans, et a toujours été le digne et vénérable évêque de Nîmes.

Mais dix-sept ans avant d'être évêque, Fléchier en avait trente-deux ; il était, on peut le dire sans flétrir sa gloire, l'un des familiers les plus aimables et les plus recherchés de l'hôtel de Rambouillet. C'est pour les lire dans cette société de l'élite des beaux esprits du temps, où il se faisait gloire d'avoir ses entrées, que le jeune abbé composa ces espèces de discours ou déclamations, parmi lesquelles on remarque la 9e sur ce sujet : *La beauté et la bonté sont également l'objet de l'amour*, et la 10e où il montre que *les passions des femmes sont plus violentes que celles des hommes*. Sans doute, il a traité ces sujets avec toute la délicatesse et la convenance possibles. — Mais quel est le jeune abbé de nos jours qui exercerait son esprit sur de pareils sujets? Je ne fais cette observation que pour constater déjà par là une différence dans les mœurs des deux époques.

Mais voici qui surprendra peut-être encore plus nos critiques; c'est un simple fragment de son portrait, écrit par lui-même. Il l'adresse à Mlle Deshoulières :

« Vous voulez donc, Mademoiselle, que je vous trace le portrait d'un de vos amis et des miens, et que je vous fasse une copie d'un original que vous connoissez aussi bien que moi...

» Pour son cœur, où je crois que vous vous intéressez davantage, il n'est pas aisé de le connoître : il se modère, quand il veut; il est secret et circonspect; il se cache souvent sous les voiles d'une tranquillité et d'une indifférence apparentes... Il est juste que vous sachiez comment est fait, et comment se gouverne un cœur que je suis persuadé que vous possédez...

» On diroit d'abord que votre ami n'est pas capable de tendresse; mais quand on fait tant que de le toucher, il n'y a guère d'homme plus sensible. Il ne prend pas de ces feux subits, qui s'éteignent presque aussitôt qu'ils sont allumés. Il va pied à pied, et laisse mûrir l'amitié. Il ne s'engage pas sans savoir bien à qui il s'engage; son cœur lui est trop cher pour le donner au hasard. Pour aimer, il ne se fie pas à son inclination, il consulte son jugement... La beauté peut le surprendre, mais elle ne l'attache pas... Quand il s'est donné, c'est pour toujours et sans réserve; aussi il veut qu'on se donne de même, et croit qu'un cœur qui se partage ne vaut pas le sien tout entier : il est capable de jalousie, et quoi qu'il en arrive, il veut être distingué et préféré... Son amitié languit, si l'on ne la nourrit de quelques douceurs, et il n'aime rien tant que de sentir qu'il aime, et de connoître qu'il est aimé, et voudroit toujours être là où est son inclination..... 1 »

OEuvres complètes, t. 1, p. lxix.

Voilà ce que n'a pas craint de publier l'abbé Ducreux, tout en avouant qu'il avait substitué quelques termes à ceux de l'original : « Non qu'ils eussent rien de messéant, dit-il, mais nous avons pensé que cette attention était due aux personnes d'une imagination qui se blesse aisément, et qui découvre sous les expressions les plus innocentes des sens détournés et peu modestes dont ne se doutoient pas ceux qui les ont employées. Sans doute, ajoute Ducreux, cette condescendance eût été inutile, peut-être même déplacée dans l'heureuse époque où Fléchier a vécu ; mais cette époque, trop digne de nos regrets, est déjà loin de nous... »

Les reproches que nos critiques font aux *Mémoires* sur les Grands-Jours, prouvent que, depuis l'abbé Ducreux, l'opinion publique est encore devenue plus difficile[1].

Fléchier aimait aussi la poésie ; et quoiqu'il n'y ait pas excellé, on conserve dans ses œuvres des pièces que nos critiques connaissent moins que les Mémoires récemment publiés.

Avez-vous lu, Messieurs, la pièce de vers qu'il composa à l'occasion du deuxième mariage de M. Caumartin, en 1664 ? et le dialogue entre l'Amour et Vénus ? Celle-ci console son fils qui désespère de pouvoir enflammer Alcandre, en lui disant :

> Relève ton espoir, et choisis seulement
> Une parfaite amante à ce parfait amant.
> ....
> Une jeune merveille aussi chaste que belle,

---

[1] Faut-il en conclure avec lui que c'est parce que les mœurs sont plus dépravées, que l'on exige aujourd'hui plus de réserve et d'honnêteté dans le langage ? Je ne le crois point.

Peut ranger sous ses lois le cœur le plus rebelle,
Et par ses traits vainqueurs et ses charmes puissants
Captiver la raison aussi bien que les sens....
....
Va, mon fils, va gagner cette beauté charmante,
Et pour faire un amant, songe à faire une amante,
Et, réduisant Alcandre et Doris sous nos lois,
Allume adroitement deux flammes à la fois [1].

Ce langage est fort décent, j'en conviens; mais **MM. P.** de C. et de Résie pardonneraient-ils aujourd'hui à un jeune abbé qui occuperait ainsi ses loisirs?

Au **XVII**e siècle, sous le cardinal de Richelieu, qui, selon l'expression de Fléchier, « faisait ses délices de la poésie et adoucissait, au son d'une lyre délicate, les saillies de son vaste génie, » le talent pour la poésie recommandait un jeune auteur.

Godeau, jeune, également familier de l'hôtel de Rambouillet, faisait des vers galants; on sait qu'il traduisit le cantique *Benedicite*, et que Richelieu lui donna l'évêché de *Grasse* (1636). Dès ce moment le galant abbé, le *nain de Julie*, comme on l'appelait, changea de vie et devint un des plus vertueux, un des plus vénérables prélats de son temps. — Je ne veux pas citer d'autres exemples.

Voudrais-je donc, par ces comparaisons, faire croire que la jeunesse de Fléchier a été orageuse? Loin de moi cette pensée. Avec l'abbé du Jarry, je crois que ses mœurs furent toujours sages et réglées, et qu'il n'a pas eu besoin de cette indulgence qui fait grâce aux passions en faveur de l'âge où elles triomphent. Seulement il s'agit ici, non des mœurs

---

[1] *OEuvres complètes*, t. IX, p. 175.

de Fléchier, mais des libertés de sa plume qu'expliquent et qu'excusent et le siècle et le cercle dans lequel il vécut.

Mais voici un autre ordre de libertés. Qu'un écrivain, abbé ou non, parlant d'un pape, osât dire aujourd'hui : « Piqué contre la France et ses alliés, abusant du pouvoir que Dieu lui avoit donné, et faisant servir la religion à ses passions particulières, il se porta jusqu'à cette extrémité de vouloir excommunier les rois et les dépouiller de leurs royaumes; » je crois que M. de Résie aurait bien de la peine à ne pas l'accuser d'irréligion et d'impiété. Il ne sait pas que c'est Fléchier, et Fléchier évêque, qui a parlé ainsi du pape Jules II[1]. Nous verrons peut-être plus loin d'autres crimes de sa plume, qui n'était pas ultramontaine.

Ces préliminaires m'ont paru utiles pour commencer à montrer, non pas à M. de Résie (je n'ai pas cette prétention), mais au lecteur impartial, que Fléchier a bien pu écrire les Mémoires sur les Grands-Jours, tels que je les ai publiés. Je vais montrer maintenant qu'ils ont été publiés tels qu'ils sont sortis de sa plume.

Le manuscrit que possède la Bibliothèque de Clermont forme un volume in-4° de 414 pages écrites.

Le papier, partout le même, porte la marque de P. CAR-TELIER, dont le nom est surmonté d'une couronne fleur-delisée, et placé au-dessus d'une petite cloche.

Du commencement à la fin du volume, l'écriture est uniforme et de la même main ; sans lacune, sans interlignes, sans ratures, sans addition, sans intercalations quelcon-

---

[1] *Hist. du card. Ximenès*, liv. III ; *OEuv.*, t. III, p. 219.

ques. La pagination est parfaitement suivie, sans erreur, sans *doublon* [1].

L'écriture remonte au moins aux premières années du XVIIIe siècle, lorsque Fléchier vivait encore, ou plus probablement à la fin du XVIIe [2]. — La reliure même du volume annonce cette ancienneté.

L'orthographe accuse la même époque. Partout l'emploi réciproque de l'*u* et du *v;* comme : l'*vn, deuant, trouua, auoient uendu,* etc.; *ie, desia, jniustement, ueüe, söeur, pöenitence, cheute, rheume, fleute, coulpable, toict, lict,* etc., pour *je, déjà, injustement, vue, sœur, pénitence, chute, rhume, flûte, coupable, toit, lit,* etc. Joignons à cela l'emploi fréquent des abréviations, comme : $\overline{\text{Hoe}}$, $\overline{\text{e}}$, $\overline{\text{o}}$, $\overline{\text{pn}}$ce, $\overline{\text{p}}$sonne, $\overline{\text{p}}$parées, $\overline{\text{t}}$tes, imp$\overline{\text{oo}}$n, $\overline{\text{ct}}$rainte, etc., pour *homme, est, non, présence, personne, préparées, toutes, imposition, contrainte,* etc.

Toutes ces assertions peuvent être vérifiées à la Bibliothèque de la ville de Clermont, où le manuscrit est déposé, et qui est ouverte tous les jours de dix heures à deux. — M. de Résie, qui le pouvait savoir, ainsi que M. P. de Ch., n'ont jamais VU ni DEMANDÉ A VOIR le manuscrit qu'ils voulaient faire passer pour apocryphe ou pour altéré.

Ce manuscrit est vraisemblablement un des deux que possédait l'abbé Ducreux et qu'il tenait de M. Fléchier, offi-

---

[1] Seulement *sept* ou *huit* mots, dans tout le manuscrit, que le copiste n'avait pu lire et avait laissé en blanc, ont été remplis par une main différente, qui pourrait être celle de Fléchier.

[2] J'ai consulté, sur l'âge de ce manuscrit, M. Champollion, conservateur des manuscrits à la Bibliothèque royale, en lui donnant les diverses indications ici consignées, et lui envoyant un calque ou *fac-simile* de dix lignes de la page 225 du manuscrit lui-même. J'ai reçu la réponse que je donne ci-après, *Appendice,* n° II.

cier de dragons, petit-neveu et héritier de l'évêque de Nîmes ; manuscrits qui , selon le témoignage de Ducreux[1], étaient, non de la main même de Fléchier, mais *d'une main que M. l'évêque de Nîmes paroît avoir employée habituellement à mettre au net ses ouvrages.*

Si le manuscrit de la Bibliothèque de Clermont n'est pas l'un de ces deux, il y est du moins et INCONTESTABLEMENT absolument conforme. C'est ce dont on peut se convaincre, par l'analyse que l'abbé Ducreux en a faite en quarante pages in-8°. Cette analyse comprend tous les principaux faits de l'ouvrage, et notamment les passages que nos critiques voudraient en retrancher. — Je me bornerai à en citer quelques traits.

« La relation ne dit rien, c'est Ducreux qui parle, de ce qui arriva aux voyageurs pendant la route, depuis Paris jusqu'à Riom. C'est à leur arrivée dans cette dernière ville, que commence le récit de M. Fléchier. Il débute par une description de cette ville.... Dès les premières conversations qu'il lia, soit dans les sociétés, soit à la promenade, avec les personnes qui lui parurent les plus aimables et les plus instruites, on le mit au fait de ce qu'on appelle ordinairement, dans la province, la carte du pays. On lui en raconta les aventures les plus singulières et les plus piquantes. Il en rapporte une qui n'est pas SANS INTÉRÊT. » Ainsi juge l'abbé Ducreux, p. 404. — C'est l'histoire de M. Fayet et Mademoiselle de Combes, récit qui a scandalisé M. P. de C., ex-capitaine, et a fait tomber vingt fois le livre des mains de M. de Résie, ancien officier de cavalerie ! *Exam. crit.*, p. 103.

[1] OEuv. , t. X, p. 5.

« La ville (de Clermont) est extrêmement peuplée, et si les femmes n'y sont pas remarquables par la beauté de leurs traits, elles le sont au moins par leur fécondité. » P. 406.

Voilà encore un de ces traits que l'abbé Ducreux a jugés innocents, mais qui révoltent la pudeur de M. le capitaine P. de C.

> Par de pareils objets les âmes sont blessées,
> Et cela fait venir de coupables pensées.

Je franchis plusieurs pages de l'analyse pour arriver à l'endroit où Ducreux rappelle évidemment deux passages qu'on prétend interpolés :

« L'abbé Fléchier rencontra dans cette agréable solitude (de l'Oradoux) un chanoine de la Cathédrale de Clermont, qui s'y étoit réfugié pour n'être pas témoin de l'exécution d'un *curé condamné par le tribunal des Grands-Jours*, pour des crimes affreux que ce misérable avoit commis au déshonneur du caractère sacerdotal et au grand scandale des fidèles. Ce triste sujet fit tomber leur entretien sur l'état déplorable où l'ignorance et la corruption des mœurs avoient fait tomber la discipline ecclésiastique..... Le bon chanoine prétendoit trouver le principe de ce relâchement et la source de tous les maux qui en découloient, dans le peu de vigilance des premiers pasteurs et encore plus dans leurs mauvais exemples. Il prouvoit cette assertion par la conduite de quelques prélats des derniers temps qu'il nomme et qu'il caractérise par plusieurs traits de leur vie qui ne sont rien moins qu'édifiants...» P. 425.

L'abbé Ducreux pouvait-il, je le demande aux lecteurs de bonne foi, pouvait-il désigner d'une manière plus formelle les passages des Mémoires de Fléchier concernant le curé de Saint-Babel et Joachim d'Estaing ? Ou bien qu'on me dise quel est le *curé*, quel est le *prélat*, dont Ducreux veut parler.

L'abbé Ducreux continue l'analyse du manuscrit jusqu'à la dernière page, sans oublier la dissertation sur la comédie, le démêlé sur la préséance, le pèlerinage de Saint-Allyre, et les *contes* de l'abbé, ni la visite aux Jacobins et les miracles du Rosaire, p. 432, ni le poëme des Jésuites en l'honneur des Grands-Jours, ni le jugement porté sur les juges eux-mêmes, par l'ami que Fléchier rencontra, dit-il, sur les bords du canal de Briare.

Après la déclaration de l'abbé Ducreux, après ce court et simple exposé de la longue analyse qu'il a faite de ces *Mémoires*, après les explications que j'ai données plus haut, je demande si la bonne foi peut élever le moindre doute sur l'authenticité du manuscrit que j'ai publié.

Il est encore d'autres preuves, intrinsèques, également irrécusables de l'authenticité de ces *Mémoires*; c'est la vérité et l'exactitude des détails et des faits dont, cent quatre-vingts ans écoulés, on retrouve encore toutes les preuves; c'est cet esprit, cet air, ce parfum du XVIIe siècle qui y est partout répandu; c'est ce style, partout le même, dans ses grâces, sa légèreté, sa finesse, son harmonie et ses prétentions : style qu'il est impossible de disputer à Fléchier.

A ces faits, à ces preuves incontestables d'authenticité, qu'est-ce que l'on oppose ? D'abord des témoignages ; voyons.

Commençons par celui qui semble tombé du ciel dans la bibliothèque de l'abbé Croizet, et mis en réserve par la Providence pour confondre l'imposture ; examinons cette fameuse Note, « cette pièce importante qui prouve d'une manière aussi claire que le jour, que le public et M. Gonod lui-même ont été victimes d'une mystification préparée, il y a long-temps, par des hommes irréligieux... »

Or, voici cette note, non point absolument telle que nous l'a donnée M. de Résie dans la lettre de M. l'abbé Croizet, mais un peu plus complète et telle que M. l'abbé Croizet a bien voulu me la transcrire :

« Il (M. Tiolier) m'a parlé longuement d'une relation écrite par Fléchier, jeune prêtre, qui vint en Auvergne dans le XVIIe siècle, à une époque des Grands-Jours, mais ce qui m'a surpris beaucoup, c'est qu'il m'a avoué EN RIANT qu'une personne avoit un grand *meâ culpâ* à prononcer sur la manière dont on s'étoit procuré ce manuscrit, et les mo-difications qu'on lui avoit fait subir : à cette occasion, il a nommé d'Alembert, un M. d'Olivier ou Dolivet, et *il s'est nommé lui-même, sans me dire qui avoit un grand* meâ culpâ *à prononcer....* »

Quelle est cette personne qui a un grand *meâ culpâ* à prononcer sur la manière dont on s'est procuré le manuscrit ? Ce n'est évidemment que M. Tiolier lui-même, qui, comme on peut le supposer sans le calomnier, avait peut-être dérobé le manuscrit. Mais quel est ce Monsieur ON qui a fait subir des modifications au manuscrit de Fléchier ? D'après la construc-tion de la phrase, ce serait encore M. Tiolier. Mais d'abord l'aveu serait étrange, puis la chose est tout simplement im-possible. Dans tout ce manuscrit, il n'y a pas un mot de la main, fort connue, de M. Tiolier ; et toute l'écriture du manuscrit est certainement antérieure de plus d'un siècle à l'époque où M. Tiolier a pu l'avoir.

Ces modifications seraient-elles de la main de d'Alembert ? Mais d'Alembert, auteur d'un excellent *Eloge* de Fléchier, ne parle pas de la *Relation des Grands-Jours*, d'où l'on peut conclure qu'il ne la connaissait pas. Et quand l'aurait-il modifiée? Avant 1782 ? Mais jusque-là le manuscrit était aux mains de M. Fléchier, officier de dragons, petit-neveu et héritier de l'auteur, qui aurait apparemment été de connivence. Après 1782? Mais d'Alembert est mort en 1783, et d'ailleurs, depuis 1782, l'Extrait détaillé de l'abbé Ducreux ne rendait-il pas impossible toutes les modifications et de d'Alembert, et des d'Olivier, et des Dolivet, et des Tiolier ? — Et des gens qui modifient un manuscrit sans le publier ! — Prenez-y garde, Messieurs, vos insinuations calomnieuses ne soutiennent pas l'examen; et ce sont des morts que vous calomniez! — Et quel est le témoignage sur lequel on vient appuyer ce système de prétendues modifications? Celui d'un vieillard qui, selon l'abbé Croizet, a écrit une note *spirituelle* et *polie*. Lecteur, veuillez lire cette note[1], et dire si elle n'est pas le produit d'une tête qui se dérange. Et une déclaration sérieuse faite *en riant !*

Du reste, que M. de Résie ajoute quelque foi à son argument, je veux bien le croire ; mais que M. l'abbé Croizet, l'un des ecclésiastiques du diocèse les plus éclairés, et qui a été, si je ne me trompe, professeur de logique, y ajoute foi, lui ; c'est ce que je ne croirai jamais. Aussi lorsqu'il dit :

« Vous comprenez, Monsieur le comte, que les assertions de M. Tiolier ne prouvent rien contre l'ouvrage publié par M. Gonod, dans le cas où le manuscrit dont me parlait l'ancien magistrat ne serait pas le même que celui dont la publication vous occupe; »

[1] *Voy. Appendice*, n° III.

2

Ce qui revient à dire :

« Vous comprenez, Monsieur le comte, que si le manuscrit publié par M. Gonod, est le manuscrit Tiolier (et M. le curé n'en peut douter), les assertions de M. Tiolier prouvent beaucoup. »

Lorsque, dis-je, M. l'abbé Croizet a ainsi écrit, il a besoin d'expliquer sa lettre par la précipitation avec laquelle tout s'est passé entre M. de Résie et lui[1] ; et je lui sais gré d'ajouter : *Il est cependant une chose que ma conscience doit regarder comme possible, c'est que dans cette note je n'avais peut-être pas rendu la pensée de M. Tiolier dans toute son exactitude.* »

Voilà donc le témoignage qui devait me convaincre moi-même de l'altération du manuscrit publié ! — Mais on m'oppose deux autres témoignages.

Ici, du moins, si les preuves ne sont pas fortes, les noms ont quelque valeur.

Il reste une demoiselle, seule héritière du nom et peut-être de quelques manuscrits de Fléchier. Elle vit retirée à Florence. « Une main anonyme, c'est M. de Résie qui nous le dit (*Exam. crit.*, p. 82), annonça la première à Mlle de Fléchier la publication d'un prétendu manuscrit de son grand-oncle, *ouvrage*, disait-on, *spirituellement impie* et *délicatement immoral.* »

Aussitôt, Mlle de Fléchier qui ne connaissait pas la Relation des Grands-Jours par son grand-oncle, qui ne semble même pas connaître l'*Extrait* qu'en a donné l'abbé Ducreux, par conséquent les œuvres mêmes de ce grand-oncle, mais à qui l'on parle d'un *ouvrage spirituellement impie* et *déli-*

---

[1] Voy. *Appendice*, n° IV.

catement immoral, proteste que son grand-oncle ne peut pas en être l'auteur.

Cette protestation fait honneur aux sentiments de vénération que Mlle de Fléchier a voués à la mémoire de son grand-oncle, fait honneur à sa piété, tant qu'on voudra; mais, pour qui discute et raisonne, que prouve-t-elle, je le demande, contre l'existence et l'authenticité des Mémoires dont il est question ?

Et que penser de M. Boucarut, qui a à sa disposition le *véritable* manuscrit des Mémoires de Fléchier (M. de Résie nous le dit deux fois, p. 44 et 88), et qui n'en parle même pas dans sa protestation, et qui a l'air de l'avoir demandé à Mlle de Fléchier; qui, sans avoir VU le manuscrit que j'ai publié, sans examiner les preuves que j'ai données de son authenticité, *Introd.*, p. *x*, *s'inscrit en faux contre mes assertions;* qui proteste au nom du clergé du diocèse de Nîmes, en déclarant que cette publication *n'y est nullement connue ?* Le clergé, c'est moi ! semble-t-il dire. Dans cette parodie d'un mot célèbre, je vois bien quelque chose de ridicule, mais je ne saurais apercevoir un argument contre l'authenticité.

Mais, Monsieur le vicaire-général, au lieu de protester vaguement, au lieu de vous *inscrire en faux contre mes assertions,* comme vous dites, n'aviez-vous pas un moyen plus simple de me confondre?

Vous avez le manuscrit *véritable* des Mémoires de Fléchier, puisque vous l'avez *examiné* pour répondre à M. Forestier qu'on n'y *avait trouvé aucune mention du curé de Saint-Babel* (Exam. crit., p. 44).

Eh bien! produisez ce manuscrit. Voilà un argument auquel je suis disposé à me rendre sans résistance.

Donnez-nous sur ce manuscrit les détails que j'ai donnés ci-dessus [1] touchant celui de la Bibliothèque de Clermont. Dites-nous ce qu'il contient de plus ou de moins ; indiquez avec précision les passages altérés ou interpolés. Faites mieux ; publiez le manuscrit lui-même. Ne voulez-vous courir les chances de la publication ? Si votre manuscrit est reconnu authentique, moi, je vous offre de le publier à mes frais et au profit de votre séminaire.

En attendant, venons aux preuves particulières de l'altération du manuscrit. La *plus convaincante*, suivant M. P. de C., celle à laquelle M. de Résie semble attacher aussi la plus grande importance, puisqu'il consacre vingt pages à la faire valoir, c'est l'histoire du curé de Saint-Babel, histoire tout-à-fait scandaleuse, selon M. de Résie, qui néanmoins en donne innocemment une seconde édition ; histoire que nos critiques prétendent interpolée.

Selon les Mémoires de Fléchier, un curé de Saint-Babel fut condamné par la cour des Grands-Jours à être PENDU pour crime d'assassinat.

Or, dans un discours de Massillon prononcé en 1727, on lit ces mots : « Surtout dans un temps où le clergé de ce diocèse vient de recevoir une humiliation ; » et en note, l'éditeur de Massillon a mis : « Un curé venoit d'être condamné AU FEU par le parlement ; » sans dire toutefois à quelle paroisse ce curé appartenait.

Nos critiques font tous leurs efforts pour établir que l'individu condamné AU FEU par le parlement, ne peut être que le curé de Saint-Babel.

Et M. de Résie va à Saint-Babel, interroge les vieillards,

[1] Page 11 et 12.

feur fait signer une déclaration de ce qu'ont dit, vu et pensé leurs *anciens ;* il consulte les anecdotes des Causes célèbres, d'après lesquelles le fait se serait passé dans la Flandre espagnole ; s'appuie sur un récit romanesque de M. Brès, ancien curé d'Issoire, qui place la scène dans les montagnes du Gévaudan ; bref, il est prouvé pour lui que le curé de Saint-Babel, nommé CHASSAING, a été condamné AU FEU par le parlement, et brûlé à Clermont, sur la place de Jaude, en 1727. — D'où il conclut, sans hésitation, que c'est ce dernier fait, si heureusement constaté, qui a été altéré et transporté par un faussaire à l'an 1665, et prêté à Fléchier.

Toutes ces preuves, si laborieusement échafaudées, vont s'écrouler devant deux faits :

1°. Il est constant que le curé de Saint-Babel fut accusé d'assassinat ; or, pour crime d'assassinat, d'après la législation de ce temps, on était pendu. On ne condamnait au feu que pour crimes de magie, hérésie, sacrilége, blasphème, inceste au premier degré, incendie, empoisonnement et deux autres crimes qu'il serait messéant de nommer [1].

2°. Le curé de Saint-Babel, en 1727, ne s'appelait point *Chassaing*, mais CHEMINAT. C'était M. Cheminat qui, en 1726 et 1727, était curé de Saint-Babel ; en 1728, et probablement encore les années suivantes, il baptisait, mariait, enterrait ses paroissiens ; comme vous auriez pu le vérifier dans ses registres encore subsistants. Il n'avait donc pas été brûlé en 1727.

Vous le voyez, Dorante,

Les gens que vous brûlez *se portent assez bien.*

[1] Voy. Muyart de Vouglans, *Institutes au droit criminel*, Paris, 1757, p. 400, et Jousse, *Traité de la justice criminelle*, t. I, p. 42.

« Mais, nous dit M. de Résie, Mgr l'évêque de Nîmes a
fait écrire par un de ses grands-vicaires à M. Forestier, curé
actuel de Saint-Babel, qu'*ayant fait examiner les véritables
Mémoires de Fléchier, on n'y avait trouvé aucune mention
du curé de Saint-Babel.* »

Comme vous ne me montrez qu'un coin de cette lettre, per-
mettez-moi de soupçonner ici, de votre part, une petite res-
triction mentale : Dites-moi, dans le *véritable* manuscrit, n'y
aurait-il pas, au lieu de Saint-Babel, *Saint-Babert* ou *Babest*,
ainsi qu'on prononce encore, et qu'on écrivait autrefois? Ce
serait une conformité de plus avec le manuscrit de Clermont.
— Du reste, je vous le déclare, mon soupçon s'évanouira
dès que vous aurez produit le manuscrit *véritable*.

Passons aux autres *additions* faites aux Mémoires de
Fléchier, à ces anecdotes que M. de Résie appelle *dé-
goûtantes*.

Je ne chercherai point à justifier l'histoire de Mme de
Busset, ni celle de M. le comte de Saigne. — Si M. de
Résie l'a perdu de vue, le lecteur n'a pas oublié que Fléchier s'est fait l'historien des Grands-Jours, c'est-à-dire
d'une cour d'assises, où malheureusement se déroulent plus
de turpitudes que de choses édifiantes. Je ne chercherai pas
non plus à justifier le récit des amours de la belle Etien-
nette avec son berger, qui scandalise si fort nos scrupuleux
officiers. Mais voyons celles qui vous révoltent le plus, et
qui seraient en dehors du cadre de Fléchier, si Fléchier
n'avait voulu que dessiner les Grands-Jours ; tandis que
c'est un tableau général de la société en province qu'il nous
a tracé, et c'est ce qui fait le principal mérite de son
œuvre.

Voyons d'abord ce qui concerne Joachim d'Estaing. —

Quoique ce passage soit formellement indiqué dans l'*Extrait* de l'abbé Ducreux, parce qu'il ne vous convient pas, vous le déclarez apocryphe? Le procédé, à coup sûr, est aisé : mais est-il d'une critique saine et loyale?

Entre vos mains que vont devenir tous les livres d'histoire, même écrits par les hommes que l'Eglise a canonisés ou vénère? Grégoire de Tours, dans son *Histoire des Francs*, parlant d'un évêque de Clermont, son contemporain, nous le représente comme abruti par l'ivrognerie, et portant l'avarice et la cruauté aux derniers excès, jusqu'à faire enfermer vivant dans un tombeau un prêtre qui ne veut pas se dépouiller en sa faveur d'un petit fonds de terre. — Assurément Grégoire de Tours est un impie du XVIIIᵉ siècle. — Non, c'est un saint du VIᵉ. — Eh bien! l'Histoire des Francs, évidemment, a été modifiée par d'Alembert, et tout ce qui concerne l'évêque Cautin est une interpolation faite par des impies. N'est-il pas vrai, Monsieur de Résie?

Et trouve-t-on, dans les Mémoires de Fléchier, des tableaux des désordres des évêques et du clergé comparables à ceux que nous lisons dans les écrits des personnages les plus vénérés, de saint Bernard, par exemple, et de Gerson, le pieux auteur de l'Imitation de Jésus-Christ? — Je m'abstiens de citations; ceux qui ont lu ces ouvrages savent le parti que je pourrais en tirer pour justifier Fléchier contre vos imprudentes attaques. Mais, Messieurs les critiques, avez-vous lu du moins l'Histoire ecclésiastique de l'abbé Fleury? Combien de fois elle a dû exciter votre bile pieuse! Avez-vous pu, par exemple, sans damner le vénérable auteur, y lire la lettre que le pape Grégoire X adresse à Henri, évêque de Liége [1]?

---

[1] Voy. Fleury, *Hist. eccl.*, livre lxxxvj, édit. in-4°, t. XVIII, p. 189.

Et pourquoi voulez-vous que l'histoire se taise sur ces désordres? Est-ce dans l'intérêt de la religion? En quoi, s'il vous plaît, la religion est-elle responsable des sottises, des folies, des crimes même de ses indignes ministres? N'est-elle pas la première à les condamner?

N'est-il pas, au contraire, de son intérêt que les prêtres, s'ils deviennent prévaricateurs, ne soient pas assurés de l'impunité? Il faut qu'ils sachent que l'histoire a l'œil ouvert sur eux comme sur tous les autres citoyens; et alors, combien, d'entre les faibles, seront retenus par la crainte de la publicité, qui ne le seraient peut-être pas par leur conscience!

Mais, non, ce ne sont pas les amis du clergé, ce sont ses plus dangereux ennemis, ses flatteurs, qui élèvent cette prétention singulière, qui étalent ce zèle à outrance. Ce sont des hommes qui voudraient nous faire remonter le cours des âges, nous ramener à ces temps qu'ils ne connaissent guère, et qui ne furent bons que pour les ecclésiastiques disposés à mal vivre, mais temps tout-à-fait affligeants pour la religion, puisque ce sont les abus dont ils furent témoins, qui ont déchiré le seinde l'Eglise et amené le protestantisme[1].

Voilà les hommes qui ne peuvent pardonner à Fléchier d'avoir fait un tableau si affligeant pour la religion, pour la justice, pour l'humanité.

Mais ce n'est pas seulement comme immoral et irréligieux qu'ils repoussent le récit concernant Joachim d'Estaing: c'est comme faux. Avant de le nier, nos critiques n'ont pas pris la peine d'en vérifier l'exactitude à l'endroit des *Origines de Clairmont*, par Savaron, auquel j'avais renvoyé sans le

---

[1] Voyez sur ce sujet l'opinion de l'abbé Fleury, *Appendice*, n° V.

citer. « Loin que ses faiblesses *n'édifiassent pas trop son peuple*, il fut le régénérateur de son diocèse, ce fut lui qui y créa les Conférences ecclésiastiques, » nous dit ingénument M. P. de Ch.; et il cite comme étant de Joachim d'Estaing, mort en 1650, une ordonnance de réformation qui est de 1651, par conséquent de son successeur! Et il ne sait pas que Chanvalon, archevêque de Paris, lui aussi, introduisit l'usage des Conférences ecclésiastiques parmi les curés, et administra même son diocèse avec beaucoup de sagesse [1]!..

Revenons à Fléchier. Quel crime d'avoir parlé avec irrévérence d'une certaine bulle dont, à cette époque, se prévalaient les chanoines du chapitre cathédral de Clermont. Examinons ce nouveau grief.

« Comment croire qu'un théologien aussi instruit que l'était l'illustre auteur de tant d'excellents ouvrages, ait pu raconter avec un air de bonhomie et de crédulité apparentes : qu'il y avait une bulle du pape qui exemptait de la jurisdiction de l'évêque les chanoines et les enfants qu'ils auraient *par* [2] quelque crime que ce soit... » (p. 91.)

C'est précisément parce qu'il était très-instruit, que Fléchier croyait à l'existence de cette bulle, vraie ou fausse, comme certaines décrétales ; existence à laquelle M. de Résie, peut-être moins instruit que Fléchier, veut ne pas croire.

Ces bulles des priviléges des chanoines du chapitre cathédral de Clermont, leur avaient été concédées par les papes Eugène IV et Nicolas V.

[1] Biogr. univ., t. XIX, p. 430.
[2] J'ai suivi littéralement le manuscrit; mais la pièce qu'on m'a fait rechercher et que je cite plus loin, prouve qu'il faut lire ici *pour* au lieu de *par*.

Vital Bernard, prêtre et chanoine de l'église Cathédrale du Puy, les avait vues en original; il l'assure p. 88 de son livre intitulé le *Chanoine*.

Si cet original a disparu complétement, c'est ce que je n'affirmèrai pas; mais il en existe des traces non équivoques.

Dans un acte judiciaire de l'an 1509, dont l'original est aux archives du département[1], et une copie à la Bibliothèque de Clermont, on voit que ces priviléges étaient notoires, et renfermaient les clauses auxquelles Fléchier fait allusion[1].

On y voit que les chanoines, à cette époque, se prétendaient exempts, eux et tous ceux qui leur appartenaient, et qui habitaient avec eux, *familiares et domestici ipsorum*, ils étaient exempts pour toute sorte de crimes, *de quocumque casu, crimine et delicto, quovis modo et in quocumque loco*...., exempts de la jurisdiction de l'évêque, qui était seigneur temporel de la ville, c'est-à-dire exempts de toute jurisdiction ecclésiastique et civile. Ils ne relevaient que de Rome, comme dit Vital Bernard, *loc. cit.*

Qu'est-ce donc qui vous étonne dans cette bulle? Est-ce parce qu'il dit les *enfants des chanoines?* Mais les conciles et les papes n'ont-ils pas été obligés de s'occuper de ce sujet? Voyez dans les actes des conciles, collection de Labbe et Cossart, t. IX, p. 866; t. XI, p. 715; t. XIV, p. 914, 915; voyez le *Bullarium Magnum*, édit. de 1673, t. I, p. 682. Voyez aussi la Coutume d'Auvergne, Annot. de Bessian sur le chap. XIV, art. 47; édit. de 1661, p. 327; édit. de Chabrol, t. II, p. 475-6.

Ce qui révolte votre piété, c'est que Fléchier ajoute:

[1] Je donne un fragment de cette pièce, ci-dessous, *Appendice*, n° VI.

Nous admirâmes l'effronterie de la Cour de Rome. Voilà, en effet, aux yeux d'un partisan ardent de l'ultramontanisme, une énormité. L'ultramontain ne permet pas de distinguer entre la *Cour de Rome* et l'*Eglise*, distinction que Fléchier, lui, savait faire.

N'auriez-vous donc pas lu ses ouvrages? La chose n'est que trop certaine. Or, voici ce qu'on lit dans sa *Plainte de la France à Rome sur l'insulte faite à son ambassadeur le 20 août* 1662 :

> Ne te flatte plus tant de ton divin pouvoir :
> On peut mêler la force avecque le devoir.
> Des monarques pieux, des princes magnanimes,
> Ont révéré tes lois en punissant *tes crimes ;*
> Ils ont eu le secret de partager leurs cœurs,
> D'être tes ennemis et tes adorateurs ;
> De soutenir leur rang et sauver leur franchise,
> *En se vengeant de Rome*, et *respectant l'Eglise.*
> Ils ont su réprimer *ton orgueil obstiné*,
> Sans choquer le pouvoir que le ciel t'a donné ;
> Et séparer enfin dans une juste guerre,
> Les *intérêts du ciel* d'avec *ceux de la terre* [1].

S'il fallait justifier Fléchier par une autorité en quelque sorte supérieure à la sienne, je citerais saint Bernard.

« En s'élevant contre les abus du clergé, ce saint se plaint de ce qu'on va à Rome pour les autoriser, et ce qui est de plus triste, de ce qu'on y trouve protection. Non, dit-il, que les Romains se soucient de l'événement des affaires, mais parce qu'ils aiment les présents. J'en parle ouvertement, parce qu'ils ne s'en cachent pas eux-

---

[1] Voy. *OEuv.*, t. IX, p. 154.

mêmes. Je ne révèle pas leur infamie, je ne fais que la leur reprocher[1]. »

Et ce ne fut pas seulement Fléchier abbé, ce fut Fléchier évêque, qui put, tout en respectant l'Eglise, ne pas respecter une bulle dont s'autorisaient quelques citoyens de Nîmes *plus dévots qu'éclairés*[2], pour demander l'établissement d'une confrérie de Pénitents blancs, qu'il regardait comme pouvant compromettre la dignité de la religion.

« Mais, nous dit M. de Résie, l'abbé Ducreux, cet éditeur consciencieux, traite tout simplement les Mémoires des Grands-Jours de *bagatelle*. Est-il permis de supposer que si ce pieux ecclésiastique eût réellement rencontré toutes les *impiétés*, toutes les *immoralités*, en un mot, tout le *dévergondage* de faits et d'idées que l'on trouve dans le manuscrit publié par le marguillier de Saint-Pierre-les-Minimes ; est-il permis de supposer que l'abbé Ducreux, homme d'une morale sévère, et prêtre par-dessus tout, eût traité de *bagatelle* un semblable ouvrage? »

Il faut bien non-seulement le supposer, mais le croire, puisque, dans son *Extrait*, il fait sans cesse allusion aux traits qui vous choquent ; seulement il paraît qu'il ne se faisait pas de l'*immoralité*, de l'*impiété* et du *dévergondage* les mêmes idées que vous ; c'est que non-seulement il était bon prêtre, mais instruit, éclairé, tolérant ; c'est qu'il n'avait pas besoin de paraître dévot, par conséquent de faire le sévère[3].

---

[1] Hist. litt. de S. Bernard, p. 234.

[2] C'est l'expression de l'abbé Ducreux. OEuv., t. I, p. lj.

[3] « Un homme qui ne peut plus faire de figure dans le siècle, prend souvent le parti de s'ériger en dévot. Cela est bientôt fait ; il n'a qu'à réformer un peu son extérieur, qu'à *faire le sévère*, qu'à trouver à re-

Mais entendez M. de Résie : « Nous ne craignons pas de le dire : il y a telles phrases qui, si elles avaient été écrites par Fléchier, seraient une tache ineffaçable pour sa mémoire, et qui laisseraient des doutes bien pénibles sur la sincérité de son orthodoxie et sur celle de ses sentiments religieux. » p. 93.

Quoi! la plume ne vous est pas tombée des mains, lorsque vous avez voulu tracer cette terrible condamnation! Vous, dévot, vous avez oublié la leçon de l'Evangile : *Nolite judicare, ut non judicemini!* « Ne jugez point, afin que vous ne soyez point jugés! »

Savez-vous que, pour un bon catholique, vous professez une doctrine peu chrétienne? Plus chrétien et plus sage dans sa sévérité, a été un de vos amis, le jeune abbé qui, lui aussi, s'est fait le censeur de Fléchier. « Si Fléchier, dit-il, a fait ces Mémoires tels qu'on nous les donne, il a commis une faute que sa foi et sa conscience l'auront obligé d'expier, et qui dès-lors ne nous empêche pas de le considérer comme un très-respectable évêque [1]. »

Mais, venons au plus grand péché de Fléchier et de son éditeur. Fléchier a eu le malheur de raconter l'introduction des PP. jésuites à Clermont, la résistance de la ville et du clergé, la ténacité des bons pères. L'éditeur a commis le crime de publier, à l'appui du récit de Fléchier, quelques pièces officielles. — Il faut l'avouer, jamais crime plus impardonnable.

Quoique excellent jésuite, je suppose, et je ne lui en fais pas un crime, M. de Résie semble ignorer complétement l'his-

dire à tout, et qu'à hanter les gens de bien. » Fléchier, *OEuv.*, t. ix, p. 277.

[1] *Union Provinciale*, nᵒ du 21 déc. 1844.

toire de son ordre, et d'abord la difficulté que les jésuites éprouvèrent pour s'introduire en France et en particulier à Paris, où l'évêque Eustache du Bellai, où la faculté de théologie, où tous les évêques alors réunis dans la capitale, à l'exception du seul Guillaume Duprat, qui les avait amenés de Trente, leur firent l'opposition la plus acharnée [1].

Etranger à la ville de Clermont, comme il le dit lui-même; étranger à tout ce qui s'y est passé, au point qu'il serait probablement très-embarrassé, même en se concertant avec ses amis, de nommer seulement quatre jésuites de ce collége, bien loin de pouvoir rien dire de ce qu'ils y ont fait durant plus de cent ans qu'ils l'ont occupé, M. de Résie trouve beau de s'inscrire en faux contre les récits de Fléchier, et les pièces qui les confirment. On le voit, pour lui, dans les Mémoires de Fléchier, il n'y aura jamais rien d'authentique que ce qui convient à son humeur et à sa manière de juger les choses.

Pour constater l'opposition du clergé dont parle Fléchier, j'ai cité la lettre du chapitre de la Cathédrale à Domat. Cette lettre, signée selon l'usage, par les deux bailes du chapitre, ne paraît à M. de Résie que l'expression du vœu de ces deux ecclésiastiques, et, comme il est certain que tout le chapitre savait écrire, il en conclut que ceux dont les noms ne se trouvaient pas au bas de la lettre, n'ont pas jugé convenable de la signer. Et M. de Résie m'oppose comme protestation de tout le clergé du diocèse de Nîmes, une lettre signée du seul nom de M. Boucarut!

M. de Résie me fait un crime d'avoir exhumé ces pièces.

---

[1] Voy. *Hist. de l'Egl. gall.*, par le P. Longueval, continuée par le P. Berthier, jésuites; édit. in-4°, t. XVIII, p. 589-593.

Je n'ai cependant publié que ce qui était rigoureusement nécessaire pour justifier le récit de Fléchier, et prévenir les
critiques qu'on ose élever, même contre toute évidence;
mais il ne me sait pas gré des pièces que j'ai tues!

Ceci me conduit à dire quelque chose des aménités à mon
adresse, répandues çà et là dans la brochure, et qui n'en
sont pas un des moindres assaisonnements. — Rendons justice à M. de Résie : sur ce terrain, il est plus fort que dans
son attaque contre l'authenticité du manuscrit. — Parlons
d'abord de ce qui leur a servi d'occasion.

Après le crime énorme de la publication des Mémoires de
Fléchier, un crime plus grand c'est d'avoir « fourni de mon
propre fonds des anecdotes qui enchérissent encore en scandale sur celles que contiennent les Mémoires. » (p. 76.)

Pour se faire une idée de ce que M. de Résie appelle anecdotes *scandaleuses*, et comment les mots changent de valeur
sous sa plume, il faut savoir qu'il caractérise ainsi :

1°. L'extrait d'une Ordonnance de l'official de Clermont,
de celui qui, sur les avis de saint Vincent de Paul, entreprit
la réforme du clergé du diocèse; ordonnance qui fut dans le
temps lue dans toutes les paroisses du diocèse, aux messes
parrochiales, et affichée; qui a été imprimée en 1653, dans les
Statuts synodaux du diocèse, et réimprimée en 1833, dans
le Rituel de Mgr de Dampierre. — Voilà ce que M. de
Résie appelle une *lettre* scandaleuse!

2°. L'extrait d'une lettre de saint Vincent de Paul, rela-
tive aux désordres de l'abbaye de Longchamps, lettre qui a
été publiée en 1826, par les soins de M. l'abbé Laboudrie.
Ce qui me console des attaques de l'officier de cavalerie légère, c'est que j'ai pour complice le savant et vénérable
vicaire-général d'Avignon.

Troisième grief : J'ai cité comme fait singulier, comme fait curieux, l'anecdote d'un curé réclamant le droit de noces. M. de Chabrol, dans sa Coutume, l'avait citée avant moi ; M. de Résie la reproduit intégralement dans son *Examen critique*, tous deux fort innocemment ; moi seul, je suis digne des anathèmes de l'équitable critique.

Enfin, je suis coupable du crime de lèse-noblesse, parce que j'ai publié le *Chant populaire des Grands-Jours*. Que serait-ce si j'eusse publié aussi le *Conseigle*, vers patois et français mêlés, composé dans le temps contre les jésuites ! Si jamais M. de Résie rencontre un chant populaire contre l'Université, je pense qu'il se donnera le plaisir de la vengeance.

Après ses protestations d'amour en faveur de la noblesse et du clergé, le sentiment que le critique exprime le plus souvent, c'est celui de l'étonnement. Comment moi, professeur de rhétorique, marguillier de ma paroisse (et je m'estime très-honoré de l'être, comme je m'étonne que M. de Résie, un si bon catholique, ne le soit pas de la sienne[1]), moi, vice-président de l'académie de Clermont, ai-je pu me décider à publier les *Mémoires attribués* à Fléchier ?

Ma réponse sera bien simple : Ce n'est ni en qualité de professeur (je n'en ai pas même pris le titre), ni en qualité de marguillier ou de membre de l'académie, que j'ai publié

---

[1] Ce qui m'étonne encore plus, c'est que M. de Résie ait à se plaindre des hommes de son propre parti. Il est vrai que, tout en se plaignant du fait, il en donne l'explication : « Lorsque, dans le siècle où nous vivons, un homme de cœur et de conviction (comme M. de Résie) se dévoue à la défense des bonnes doctrines, il a à redouter..... la jalousie d'une certaine classe d'hommes, même de ceux de son propre parti, qui voient ou un ennemi, ou *un rival à écarter*, *dans tout ce qui est un peu au-dessus de leur envieuse médiocrité*..... ». (p. 125.)

ni pu publier ces Mémoires. Mais puis-je oublier que les premiers administrateurs de la ville m'ont confié un dépôt que je dois enrichir, et dont je dois faire jouir le public? Répondrais-je à la confiance dont j'ai été honoré, si je plaçais la lumière sous le boisseau?

J'ai procuré à la Bibliothèque de Clermont les Mémoires de Fléchier au moment où ils allaient être ravis à l'Auvergne pour être publiés à Paris; et je ne sais si vous eussiez eu à vous louer de l'introduction et des notes qu'on y aurait jointes, plus que des miennes.

Je suis fier d'avoir, avec des hommes qui n'ont pas moins de piété que de lumières, à la tête desquels je place l'illustre auteur de l'*Histoire des Ducs de Bourgogne*, compris l'importance de ces Mémoires et de les avoir publiés [1]. — Je n'accorderai jamais qu'ils soient immoraux et irréligieux, et je ne pense pas que, pour les avoir lus, MM. P. de C. et de Résie aient perdu leur vertu et leur piété; seulement, écrits avec une certaine liberté de langage, à laquelle nos mœurs ne sont pas accoutumées, ils ne conviennent certainement pas à toute classe de lecteurs. Mais, à partir du livre par excellence, de la Bible, quels sont les ouvrages historiques (je ne parle pas des abrégés à l'usage des enfants) que vous mettriez impunément en toute sorte de mains?

---

[1] Lorsqu'un honteux anonyme, qui n'ose ni patroner de son nom M. de Résie, ni m'attaquer en face, vient, dans un journal complaisant, distiller son venin contre moi, et avancer calomnieusement que je fais de l'art pour l'art, et que je publierais les obscénités de Parny et de Piron, comme j'ai publié les Mémoires de Fléchier, je repousse avec indignation cette supposition satanique, et je lui adresse, quel qu'il soit, le *Mentiris impudentissimè* de Pascal.

3

L'erreur de mes critiques, c'est donc de n'avoir pas voulu voir le côté sérieux, le but véritable de cette publication.

Le tort de M. de Résie à mon égard, c'est de SUPPOSER que j'ai publié ces Mémoires « dans un moment où les partis sont en présence, pour raviver de vieilles haines, et pour en susciter de nouvelles contre deux classes honorables de la société. Celui-là se trompe, ajoute-t-il en dénaturant mes paroles, qui pense que l'histoire des crimes de nos ancêtres est un enseignement utile *pour le peuple d'aujourd'hui*[1], et il s'oublie jusqu'à m'appliquer ce vers d'Horace :

« *Hic niger est : hunc tu, Romane, caveto.* »

Je pourrais dire à quelle occasion Horace a fait ce vers, et montrer qu'il l'appliquait, il y a dix-huit siècles, aux hommes faits comme M. de Résie. — Mais j'aime mieux répondre à diverses questions que le critique veut bien m'adresser.

Il me demande d'abord pourquoi, avant de publier le manuscrit des Grands-Jours, je ne me suis pas assuré de son authenticité en m'adressant au possesseur de l'original.

Je réponds 1°. que, dans le temps, j'ai fait rechercher les manuscrits de Fléchier, à Paris, à Orléans, à Dijon, à Nîmes, et ailleurs encore ; et que partout les recherches ont été sans résultat[2].

2°. Que l'authenticité du manuscrit était suffisamment

[1] Voilà ce que M. de Résie me fait dire ; voici ce que j'ai dit : «Rien n'est plus capable d'inspirer l'horreur du crime, que de voir sa face hideuse et les peines qu'il traîne à sa suite. » Introd., p. xiij.

[2] A Nîmes, je me suis adressé au bibliothécaire de la ville, par l'intermédiaire de M. Ducoin, de Clermont, censeur des études au collége royal de Nîmes.

établie par sa conformité avec l'*Extrait* publié par l'abbé Ducreux et par les autres caractères mentionnés plus haut (p. 11 et s.).

Seconde Question. Pourquoi avoir fait cette publication sans y avoir été autorisé par la famille de Fléchier ?

Je réponds d'abord que j'ignorais l'existence des derniers rejetons de cette famille, qui n'habite même plus la France ; que si je l'eusse connue , j'aurais certainement consulté cette famille , par déférence ; mais sans renoncer absolument au droit que j'avais de publier , avec l'autorisation de l'administration , un manuscrit appartenant à la ville de Clermont.

Quant à la supposition que « je ne me suis abstenu de cette démarche que par la crainte de trouver le manuscrit authentique différent de celui que je publiais ; » elle est aussi injuste qu'elle est injurieuse; et, si elle n'était éclose du cerveau de M. de Résie , je dirais qu'elle n'a pu venir dans la pensée que d'un malhonnête homme , capable lui-même d'un procédé aussi indélicat.

Troisième Question. Pourquoi publier ces Mémoires que Fléchier avait condamnés à l'oubli? — Et qui vous a dit qu'il les avait condamnés à l'oubli? N'a-t-il pas , au contraire , laissé percer formellement l'intention de les publier lorsqu'il parle des *pensées sur les Grands-Jours qu'il pourra un jour peut-être rendre publiques?* Ignorez-vous donc qu'il a vécu encore quarante-cinq ans après la composition de ces Mémoires et qu'il ne les a pas jetés au feu? Qu'il en a fait faire au moins deux copies, puisque l'abbé Ducreux affirme en avoir eu deux, *écrites d'une main que M. l'évêque de Nîmes paroît avoir employée habituellement à mettre au net ses ouvrages?* Fait-on multiplier les copies d'un ouvrage qu'on veut détruire? Et Fléchier a-t-il été surpris par la mort? Vous sa-

vez qu'il la prévit, et que « craignant que la vanité ou
même le respect pour sa mémoire ne lui fît élever un monument trop remarquable, il chargea un sculpteur de lui
apporter un dessein modeste pour son tombeau. Après
avoir choisi le plus simple, entre deux qu'on lui présentait,
il ordonna de l'exécuter [1]. » Et il n'aurait pas fait brûler des
manuscrits qu'il aurait répudiés et crus compromettants
pour sa mémoire!

Maintenant que j'ai répondu à toutes les questions de
M. de Résie, qu'il me permette de lui en adresser une à
mon tour.

Au commencement du XVIIIe siècle existait un manuscrit inédit, ouvrage d'un personnage grand dans le monde
et dans l'Eglise, célèbre par le rôle qu'il avait joué dans les
affaires publiques de la première partie du XVIIe siècle ; un
manuscrit plein de révélations scandaleuses, compromettant la Cour de Rome et une foule d'hommes haut placés
dans l'Eglise et dans la magistrature, compromettant surtout pour le caractère et les mœurs de son auteur, — mais
plein d'intérêt par le jour qu'il jette sur les mœurs, sur
les intrigues et les affaires du temps, — méritant peut-
être les épithètes d'*immoral* et d'*impie* que M. de Résie et
M. P. de C. donnent si gratuitement aux Mémoires sur les
Grands-Jours, — je veux parler des *Mémoires* du cardinal
de Retz, archevêque de Paris.

Je suppose que ce manuscrit eût été aux mains de M. de
Résie, qu'en eût-il fait? — Le saint homme l'eût brûlé;
nul doute. Tous les siècles, toutes les religions ont eu leurs
Omars.

[1] Biogr. univ.

Moins sévères furent les religieux de Saint-Mihiel, dépositaires du manuscrit ; ils le publièrent les premiers en 1717, trente-huit ans à peine après la mort du cardinal. Ces Mémoires si précieux pour l'histoire ont été souvent réimprimés par les éditeurs les plus scrupuleux, et notamment par MM. Michaud et Poujoulat dans leur *Collection des Mémoires pour l'Histoire de France.* — Et M. de Résie n'a pas pris la plume, et M. de Résie n'a pas adressé à ces éditeurs ses *pourquoi !* Pourquoi des religieux vont-ils exhumer des mémoires scandaleux? pourquoi le religieux auteur de l'Histoire des Croisades, pourquoi celui des *Lettres sur l'Orient*, se font-ils les éditeurs et les propagateurs d'un ouvrage immoral et impie?...

J'ai démontré, j'en suis sûr, à tout lecteur de bonne foi l'authenticité des Mémoires sur les Grands-Jours.

J'ai fait justice des attaques inexplicables dont cette publication a été l'objet.

J'ai répondu aux questions qu'on m'a adressées.

J'ai justifié Fléchier, si Fléchier avait besoin de l'être ; j'ai justifié l'éditeur lui-même par un exemple concluant. Ma tâche est terminée ; je ne veux cependant pas quitter la plume avant d'avoir dit deux mots du rôle que s'est donné M. de Résie, et du point de vue où il s'est placé.

M. de Résie s'est constitué le défenseur de la noblesse et du clergé, le défenseur de Fléchier ; voyons comment il s'est acquitté de ce triple rôle.

M. de Résie s'afflige de ce que « le peuple aujourd'hui assujetti à l'*insupportable joug de ses égaux*, n'obéit pas à ces hommes qu'il était accoutumé à considérer comme étant supérieurs à lui par leur naissance, par leur mérite et leurs richesses ; » M. de Résie est noble, et croyant

qu'il y a encore une noblesse formant une classe à part,
il se plaint de ce qu'on veut déverser le mépris sur cette
classe. C'est une calomnie odieuse d'avoir dit que les
Grands-Jours furent envoyés en Auvergne, « parce que les
lois y étoient méprisées, les peuples exposés à toute sorte
de violence et d'oppression, parce que les gentilshommes
abusoient souvent de leur crédit pour commettre des actions
indignes de leur naissance ;... » cependant ce sont les mo-
tifs mêmes déduits dans la Déclaration du Roi pour l'établissement des Grands-Jours. Cette déclaration serait-elle
apocryphe aussi bien que les Mémoires de Fléchier ?

Quel mensonge encore de dire qu'à la nouvelle de l'arrivée des commissaires du parlement, la noblesse prit la
fuite, comme si elle avait eu conscience de ses méfaits !
Cependant Fléchier, non le pseudo-Fléchier, comme paraît le croire M. de Résie, mais le véritable Fléchier l'at-
teste, puisque cette particularité est notée dans l'*Extrait*
donné par Ducreux, p. 414.

Dans son plaidoyer en faveur de la noblesse, notre critique triomphe de ce que, « d'après le manuscrit le nombre
des affaires concernant des membres de la noblesse, ne se
monte en réalité qu'à *vingt !* » opposant ce chiffre de 20
aux **12,000** plaintes qui furent portées à la cour des Grands-
Jours ; tandis que, pour être juste, il fallait le comparer au
chiffre **60**, nombre approximatif des causes dont Fléchier
rend compte, et dès lors proportion peu favorable à la thèse
de **M.** de Résie[1].

_____

[1] Ici M. de Résie me somme en quelque sorte de dire « si quelque
membre de la noblesse figure sur la liste des contumaces, outre ceux
qui sont nominativement désignés dans le manuscrit attribué à Fléchier. »
— M. de Résie aurait pu lire dans les Mémoires, p. 446, que parmi les

Demeurant d'un autre âge, comme dirait M. de Châteaubriand, M. de Résie a entrepris la tâche difficile de réhabiliter cet autre âge (moins toutefois la justice parlementaire), et pour prouver la perversité du nôtre, à ce nombre énorme de 12,000 plaintes déférées aux Grands-Jours de 1665, il oppose celui de 1,720,291 affaires portées devant les diverses juridictions du royaume, en l'année 1842, sans faire remarquer que ce dernier chiffre comprend toutes les affaires civiles et commerciales, toutes les affaires de justice de paix, toutes les affaires correctionnelles, les contraventions forestières, les contraventions de police, les affaires fiscales, les appels qui font double emploi, et même les simples citations en conciliation, autre double emploi; tandis qu'il n'a été jugé, dans tout le royaume, en cour d'assises, que 5,114 affaires!

Cette manière de voir et de raisonner ne doit point étonner dans M. de Résie, qui est arrivé à l'âge où, déjà du temps d'Horace, l'homme était *laudator temporis acti;* pour moi, quoique je touche à cet âge, « *notre siècle,* selon l'heureuse expression d'un de nos plus brillants écrivains, *notre siècle est une patrie dans le temps, comme notre pays nous en est une dans l'espace;* » je défends donc mon siècle, et, sur un autre point fort important, j'ai le malheur de n'être pas tout-à-fait de l'avis de M. de Résie; c'est sur la moralité du clergé des XVIIe et XVIIIe siècles, comparée à celle du clergé de notre époque[1].

---

contumaces, il y en eut 44 de condamnés à avoir la tête tranchée. Comme c'était le supplice réservé à la noblesse, ce chiffre répond à peu près à sa question. Toutefois il faut y ajouter ceux qui furent condamnés aux galères, ou même à être pendus, pour crime infamant. Je n'ai pas cru devoir publier cette liste, je la communiquerai à M. de Résie, quand il voudra.

[1] J'ai dit, *Introd.*, p. xiv : « Ces mœurs (que peint Fléchier), par

« M. Massillon nous apprend, dans son quatorzième discours synodal, prononcé en 1736, c'est-à-dire, soixante ans
(lisez 70) environ après les Grands-Jours, que le clergé du
diocèse de Clermont était, depuis plus d'un siècle, *fort régulier* dans sa conduite et dans ses mœurs. » Ainsi s'exprime
M. de Résie. Or, voici les paroles mêmes de Massillon qu'on
ne sera pas fâché d'entendre :

» Grâces à la miséricorde de Jésus-Christ, nous ne vivons
plus dans ces siècles ténébreux où l'ignorance et le dérégle-
ment du clergé couvroient d'un opprobre public le saint ministère, et ne sembloient plus laisser à l'Eglise de son an-
cienne beauté que la science et la ferveur des cloîtres. L'esprit
du sacerdoce s'est renouvelé, il y a plus d'un siècle, parmi
nous, par l'établissement de ces Maisons de retraite, où
ceux qui aspirent aux saints ordres viennent de bonne heure
se former à l'esprit de leur état, et comme y sucer dès leur
enfance le lait de la doctrine et de la piété sacerdotale. Les
scandales ne sont plus ni communs, ni tolérés, comme autrefois, dans le clergé; les fonctions du ministère ont repris
dans les paroisses la forme et la décence prescrites par les anciens canons; l'instruction, autrefois si rare et si grossière,
y est devenue plus fréquente et plus éclairée. En un mot,
l'Eglise a recouvré ces dehors de décence, de dignité, de
piété, dont la licence et les malheurs des siècles précédents
l'avoient, pour ainsi dire, dépouillée. Cependant, si la face

a comparaison qu'elles suggèrent, rehaussent les mœurs actuelles et
nous feront apprécier davantage la régularité et les vertus du clergé de
notre époque. » Voici ce que M. de Résie me fait dire : « Mais, dit le
vice-président de l'académie de Clermont, si je raconte la vie scandaleuse des prêtres d'autrefois, c'est pour mieux faire apprécier la conduite
de ceux d'aujourd'hui. » Et M. de Résie n'est pas perfide !

de l'Eglise, de cette fille du Roi, est belle, sa gloire, qui est toute au dedans, n'en est pas plus digne d'elle : *Omnis gloria Filiæ Regis ab intùs* ; et nous pouvons dire encore avec l'Apôtre, qu'il faut chercher parmi nous un dispensateur fidèle, et qu'il est difficile de le trouver. »

Dans ce tableau, il serait difficile de trouver ce superlatif, *fort régulier dans sa conduite et dans ses mœurs*, que nous avait donné M. de Résie.

Mais mon critique pense-t-il qu'on n'ait pas lu Massillon, ou ne l'aurait-il pas lu lui-même ? Eh bien, pour ramener M. de Résie à mon opinion, si possible est, je l'invite à lire les passages que je vais lui indiquer dans l'édition dont il paraît s'être servi : t. I, p. 10, 129, 130, 157, 454 ; t. II, p. 184, 186 ; t. III, p. 29, 49, 50, etc. ; et je lui demanderai si, malgré les reproches que l'on peut adresser aujourd'hui à quelques membres isolés du clergé, le successeur actuel de Massillon lui paraîtrait fondé à adresser à ses coopérateurs des vérités aussi fâcheuses. Et qu'il ne vienne pas dire que ce sont là des exagérations oratoires. Il serait facile d'appuyer les plaintes de Massillon sur des témoignages irrécusables et sur des pièces officielles.

M. de Résie ne s'est pas borné à défendre la noblesse et l'ancien clergé, il a voulu aussi se faire le défenseur de Fléchier, et c'est ici, on l'avouera, qu'il a réussi à merveille. Est-il un des lecteurs de l'*Examen critique*, digne appréciateur de Fléchier, qui, après avoir lu cette prétendue défense, ne la jette indigné, et ne s'écrie :

Mieux vaudrait un franc *ennemi !*

Terminons par un rapprochement, abstraction toutefois faite des personnes :

En 1699, lorsque parut le chef-d'œuvre de Fénélon, il y avait de par le monde un certain Gueudeville (je ne sais s'il était comte, mais, pour le sûr, il n'était pas marguillier de sa paroisse); car, renvoyé de l'ordre des Bénédictins pour son inconduite, il alla en Hollande, abjura le catholicisme, se maria, vécut misérable du produit de ses libelles. Il osa mordre au Télémaque. Les dents du serpent se sont usées contre la lime, c'est-à-dire contre le chef-d'œuvre de Fénélon,

> Qui fut pour lui *d'airain, d'acier, de diamant.*

A la même époque, un certain abbé Faydit, connu par des ouvrages *extravagants* et *impies*, c'est Feller qui le dit; exilé en Auvergne pour les méfaits de sa plume, et retiré à Mozat, s'acharna aussi contre l'immortel ouvrage de Fénélon.

Dans la *Télémacomanie* Faydit se plaint d'abord :

De la fureur avec laquelle on court au Télémaque comme à quelque chose de fort beau, tandis que c'est un ouvrage plein de défauts et *indigne* de l'auteur. » Avis, p. 3, t. p. 2.

———

Le Télémaque est pernicieux à la jeunesse et propre à la corrompre, p. 7 et 6.

M. de Cambray a plus offensé Dieu et plus fait de mal en composant son Télémaque, qu'en composant ses Maximes des Saints ; en écrivant un roman de galanterie, qu'en écrivant un livre hérétique. P. 18.

Dans son *Examen critique* M. de Résie se plaint aussi d'abord :

De ce que ces Mémoires sont accueillis avec plaisir et reconnaissance par les détracteurs du passé, par les ennemis de la religion. p. 1, 2.

———

Les Mémoires sur les Grands-Jours sont immoraux et irréligieux. C'est un tissu de dévergondage et d'impiété. *Passim.*

Le profond respect que j'ai pour le caractère et pour le mérite personnel de M. de Cambray, me fait rougir de honte pour lui d'apprendre qu'un tel ouvrage soit sorti de sa plume, et que de la même main dont il offre tous les jours sur l'autel du Dieu vivant ce calice adorable qui contient le sang de J.-C.... il ait présenté à ces mêmes âmes qui en ont été rachetées, la coupe du vin empoisonné de la prostituée de Babylone. P. 3.

Quel est le prêtre qui offre chaque jour le saint Sacrifice, qui aurait osé écrire les plaisanteries sacriléges sur J.-C. et une courtisane...? P. 90.

Comment est-ce, Monseigneur, que vous, qui êtes par vos lumières et par le rang éminent que vous tenez dans l'Eglise, un astre brillant, êtes tombé du ciel dans la boue? P. 39.

M. de Cambray, qui... en qualité de précepteur des Enfants de France, ne devoit songer qu'à jeter en eux des semences de vertu et de piété.... etc. p. 57.

Un vice-président de l'Académie de Clermont, un marguillier de Saint-Pierre-les-Minimes, un professeur de l'Université n'a pas craint de publier ces rapsodies insipides quoique scandaleuses, etc. *Passim.*

Voilà ce que l'abbé Faydit développe en **97** pages.

Voilà ce que **M.** de Résie ressasse en une brochure de **139** pages.

APPENDICE.

<hr>

I.

Voy. p. 6.

Paris, 7 avril 1844.

MONSIEUR,

Votre édition de nos Grands-Jours était impatiemment attendue. C'est un document curieux des mœurs du temps, de ce bel établissement de l'ordre public, la plus grande gloire de Louis **XIV**, de l'état de notre province. Vous avez rendu un véritable service à tous ceux qui s'occupent de l'histoire de France. Pour moi en particulier, je suis reconnaissant de tenir de vous ce bon et beau livre. L'édition est bien faite, correcte, éclaircie de notes qui demandaient des connaissances locales, accompagnées d'appendices bien choisis. Votre présent me sera précieux par sa valeur et comme venant de vous.

Je suis, etc. BARANTE.

J'ai demandé à **M.** de Barante la permission de publier la lettre ci-dessus; il a bien voulu m'adresser la réponse suivante :

11 février 1845.

Je n'ai, Monsieur, aucunement changé d'avis sur la publication des *Mémoires* de Fléchier. J'ajouterai que, s'il ne vous eût pas convenu d'en être l'éditeur, la Société de l'histoire de France vous eût, je crois, proposé de se charger de le publier. — Il faut convenir que le nom de Fléchier devait promettre un récit plus grave et un ordre d'idées moins frivoles. Mais il n'y a rien d'immoral ni d'irréligieux dans l'historien. Car on ne peut lui imputer les faits qu'il raconte. — Fléchier a été le jeune précepteur des enfants de M. de Caumartin, avant d'être le digne évêque de Nîmes : voilà tout....

Je suis, etc. BARANTE.

II.

Voy. p. 12.

BIBLIOTHÈQUE ROYALE. — DÉPARTEMENT DES MANUSCRITS.

Paris, 21 février 1845.

MON CHER COLLÈGUE,

Je m'empresse de répondre à votre nouvelle lettre. Le calque que vous avez bien voulu y joindre, m'éclaire suffisamment pour vous dire que l'écriture sur laquelle vous voulez bien me consulter, est CERTAINEMENT de la fin du XVIIᵉ siècle, et d'une personne âgée, qui avait pris, il y avait long-temps, l'habitude de l'orthographe française presque surannée à cette époque, qu'elle employait encore par habitude. La génération active de l'époque était plus avancée et l'orthographe plus rapprochée de celle du XVIIIᵉ siècle. Par une grande singularité, cette écriture ressemble beaucoup à celle de Voltaire, mais l'orthographe est fort antérieure; et il n'y existe aucune trace des innovations que le grand écrivain y introduisit. Il est certain encore que votre écriture n'est ni de d'Alembert, ni de Legrand d'Aussy : ils ont écrit à la Voltaire, et comme au XVIIIᵉ siècle, v substitué à u, etc., et point d'abréviation : la politesse les excluait.

Veuillez, etc.   J.-J. CHAMPOLLION-FIGEAC.

III.

Voy. p. 17.

COPIE DE LA NOTE ÉCRITE PAR M. TIOLIER SUR UN EXEMPLAIRE DU RÉGLEMENT DE L'ANCIENNE ACADÉMIE DE CLERMONT.

« Le Sʳ Tiolier s'empresse d'adresser à monsieur le curé le petit objet qu'il a eu l'honneur de lui promettre. Il sera beau de voir un pasteur des âmes se délasser avec les muses. Elles conduisent à la connoissance des replis moreaux du cœur humain, et si Crassitrate en tira un parti aussi avantageux dans la médecine, quels effets le culte de ces neuf sœurs ne produira-t-il pas dans des curations d'un ordre bien supérieur ! Je supplie monsieur le curé de recevoir mes hommages sous ce nouveau *raport*; mais la justice m'éloigne d'en avoir de plus *raprochés*. La grande maxime du *Nosce teipsum* forme pour moy une barrière insurmontable, et rien ne doit déranger l'amour de la solitude, de l'*oubly* des hommes et la résignation joyeuse à leurs dédains et à leurs mépris.

Solve senescentem maturè sanus equum, dit Horace.

IV.

Voy. p. 18.

EXTRAIT D'UNE LETTRE DE M. L'ABBÉ CROIZET, A M. GONOD.

Neschers, 8 février 1845.

... Tout s'est passé, en ce qui me concerne, avec tant de rapidité, que je n'ai pas pu approfondir les choses. Aussitôt que les devoirs du pasteur me le permettront, je m'occuperai sérieusement de cette question; et si je vois, par les observations et les preuves de M. Gonod, que le manuscrit publié est authentique en tous points, je m'empresserai de déclarer que les mots *meâ culpâ*, dont me parlait M. Tiolier, devaient se rapporter seulement à la manière dont on s'était procuré ce manuscrit, et non aux modifications qu'on lui aurait fait subir. Je regarderai alors la note, sous ce dernier rapport comme ne rapportant pas assez exactement la pensée de M. Tiolier dans une conversation qui avait eu lieu quelque temps auparavant... Il est cependant une chose que ma conscience doit regarder comme possible, c'est que, dans cette note, je n'avais peut-être pas rendu la pensée de M. Tiolier dans toute son exactitude...

Agréez, etc. CROIZET.

V.

Voy. p. 24.

EXTRAIT DE L'HISTOIRE ECCLÉSIASTIQUE DE FLEURY.

Il est triste, je le sens bien, de relever ces faits peu édifiants; et je crains que ceux qui ont plus de piété que de lumière n'en prennent occasion de scandale. Ils diront peut-être que dans l'histoire il falloit dissimuler ces faits, ou qu'après les avoir rapportés, il ne falloit pas les relever dans un discours. Mais le fondement de l'histoire est la vérité, et ce n'est pas la rapporter fidèlement que d'en supprimer une partie... Personne n'est obligé d'écrire l'histoire, mais quiconque l'entreprend s'engage à dire la vérité tout entière...

C'est l'exemple que nous donnent les historiens sacrés. Moïse ne dissimule ni les erreurs de son peuple, ni ses propres fautes : David a voulu que son péché fût écrit avec toutes ses circonstances; et, dans le nouveau Testament, tous les évangélistes ont eu soin de représenter la chute de saint Pierre. La sincérité est le fond de la vraie religion; elle n'a besoin ni de politique humaine, ni d'aucun artifice. Comme Dieu permet les maux qu'il pourroit empêcher, parce qu'il sait en tirer du bien pour les élus, nous devons croire qu'il fera tourner à notre profit la connoissance des désordres qu'il a soufferts dans son Eglise...

Deux sortes de personnes trouvent mauvais que l'on rapporte ces faits désavantageux à l'Eglise. Les premiers sont des politiques profanes, qui ne connoissant point la vraie religion, la confondent avec les fausses, et la regardent comme une invention humaine, pour contenir le vulgaire dans son devoir, et craignent tout ce qui pourroit en diminuer le respect dans l'esprit des peuples; c'est-à-dire, selon eux, les désabuser. Je ne dispute point contre ces politiques, il faudroit commencer par les instruire et les convertir; mais je crois devoir satisfaire, s'il est possible, les gens de bien scrupuleux, qui, par un zèle peu éclairé, tombent dans le même inconvénient de trembler lorsqu'il n'y a pas de sujet de craindre. Que craignez-vous, leur dirois-je? est-ce de connoître la vérité? Vous aimez donc à demeurer dans l'erreur ou du moins dans l'ignorance? et pouvez-vous y demeurer en sûreté, vous qui devez instruire les autres?...

Fleury, *Hist. eccl.*, 4e disc., n. xiii; édit. in-4º, t. XVI, p. xviij.

VI.

Voy. p. 26.

ACTE JUDICIAIRE CONSTATANT LES PRIVILÉGES DU CHAPITRE DE LA CATHÉDRALE. 1506.

Nos officialis Claromontensis, etc., dixerunt... Quod domini de Capitulo ejusdem ecclesiæ chorarii et alii habituati dictæ ecclesiæ ac familiares et domestici ipsorum ab omni jurisdictione et cohercione domini nostri Claromontis Episcopi erant exempti de quocumque casu, crimine et delicto, tam privilegiato quam non privilegiato, quovis modo et in quocumque loco, posset per ipsos et quemlibet ipsorum committi aut perpetrari, et dicta exemptio erat omnibus notoria et maximè in præsenti curiâ, et quod dominus dictam exemptionem benè sciebat, et illa privilegia dictæ ecclesiæ per summos pontifices concessa et dictam exemptionem continentia ostenderant, et eamdem exemptionem prædecessores nostri etiam viderant et per notoria semper habuerant et sic dixerunt dicti domini de Capitulo... Actum judicialiter et datum die mercurii (post festum sanctorum Philippi et Jacobi secunde (sic) mensis maii) anno Domini millesimo quingentesimo nono.

Archives département. Arm. 3, S. F., c. 8.

CLERMONT, Imprimerie de THIBAUD-LANDRIOT frères.

www.ingramcontent.com/pod-product-compliance
Lightning Source LLC
Chambersburg PA
CBHW061658180626
46818CB00003B/1156